L'arbre bric-à-brac

Nick Bland et

Stephen Michael King

Texte français d'Isabelle Montagnier

Éditions
SCHOLASTIC

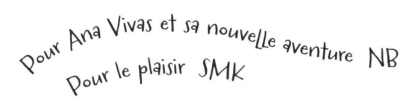

Pour Ana Vivas et sa nouvelle aventure NB
Pour le plaisir SMK

Version anglaise publiée initialement en 2012 par Scholastic Press, une marque de Scholastic Australia Pty Limited (ABN 11 000 614 577), PO Box 579, Gosford NSW 2250, Australie.

Catalogage avant publication de Bibliothèque et Archives Canada
Bland, Nick, 1973–
    L'arbre bric-à-brac / Nick Bland ; illustrations de Stephen Michael King ; texte français d'Isabelle Montagnier.
Traduction de: The magnificent tree.
ISBN 978-1-4431-1964-1
    I. King, Stephen Michael II. Montagnier, Isabelle III. Titre.
PZ23.B5647Arb 2013   j823'.92   C2012-904748-1

Édition publiée par les Éditions Scholastic, 604, rue King Ouest, Toronto (Ontario) M5V 1E1 avec la permission de Scholastic Australia Pty Limited.

Le texte a été composé avec la police de caractères Carrot Flower.
6 5 4 3 2 1   Imprimé en Malaisie 46   13 14 15 16 17

Bonnie et Papi débordent toujours d'imagination.

Papi aime les idées de Bonnie

parce qu'elles sont simples, sensées

et bien réalisées.

Bonnie aime les idées de Papi

parce qu'elles sont farfelues,
fascinantes et fantastiques,

avec plein de bouts qui dépassent.

À eux deux, ils ont des idées pour tout.

Enfin, pour tout...

sauf pour les oiseaux.

Bonnie et Papi adorent les oiseaux et voudraient qu'ils restent.

très loin.

loin...

loin...

Mais chaque jour, les oiseaux s'envolent

— Ce qu'il nous faut, c'est un arbre! s'écrie Bonnie.

— Je suis entièrement d'accord, dit Papi.

Et tous deux ont déjà une idée en tête.

L'idée de Papi est farfelue et fascinante...

si fascinante qu'elle ne rentre pas complètement dans sa tête.

Il est obligé de l'écrire et de la dessiner pour s'y retrouver.

L'idée de Bonnie

est toute simple et

tient dans la paume de sa main.

Les deux créateurs bricolent tout l'été

et bûchent fort tout l'automne.

Ils scient, clouent

et travaillent tout l'hiver.

Bonnie et Papi profitent pleinement de chaque jour passé ensemble.

Le premier jour du printemps,
l'arbre de Papi est prêt.

Juste à temps pour l'arrivée des oiseaux!

Les voilà qui descendent du ciel.

Ils remplissent l'air de leurs plumes et de leurs chansons,
et volent tout autour de l'arbre bric-à-brac de Papi.

Puis, ils se posent sur les branches du petit oranger...

le fruit d'une idée toute simple,
sensée et bien réalisée.

— Quelle idée merveilleuse!
dit Papi.

— Oui, approuve Bonnie.
Je l'adore!